Histoire du chat
et de la souris
qui devinrent amis

Titre original : *Historia de Mix, de Max, y de Mex*

© Luis Sepúlveda, 2012

By arrangement with Literarische Agentur Mertin Inh. Nicole Witt e.K., Frankfurt am Main, Germany

Traduction française © Éditions Métailié, Paris, 2013

Illustrations © Éditions Métailié, Paris, 2013

ISBN : 978-2-86424-910-8

ISSN : 0291-0154

Luis Sepúlveda

Histoire du chat et de la souris qui devinrent amis

Dessins
Joëlle Jolivet

*Traduit de l'espagnol (Chili)
par Bertille Hausberg*

Éditions Métailié
2013

À mes petits-enfants Camila, Daniel,

Gabriel, Aurora et Valentina

I

Je pourrais dire que Mix est le chat de Max mais je pourrais aussi indiquer que Max est l'humain de Mix. Cependant, comme la vie nous enseigne qu'il n'est pas juste que quelqu'un soit propriétaire d'une autre personne ou d'un animal, disons alors que Max et Mix, ou Mix et Max, s'aiment l'un l'autre.

Max et Mix, ou Mix et Max, vivaient dans une maison, à Munich, et cette maison se trouvait dans une rue bordée de grands marronniers, des arbres superbes qui donnaient une belle ombre en été et représentaient une grande joie pour Mix et un gros souci pour Max.

Quand Mix était tout petit, pendant un instant d'inattention de Max et de ses frères, il était sorti dans la rue. Écoutant l'appel de l'aventure, il grimpa jusqu'à la plus haute branche d'un marronnier et, une fois là-haut, il découvrit qu'il était plus difficile de descendre que de monter ; agrippé à la branche, il se mit donc à miauler pour demander de l'aide.

Max, qui était lui aussi tout petit, monta dans l'intention de faire descendre Mix mais, arrivé aux plus hautes branches, il regarda en bas et, pris de vertige, découvrit que lui non plus ne pouvait pas descendre.

Un voisin appela les pompiers et ils arrivèrent dans un grand camion rouge rempli d'échelles. D'en bas, les frères de Max, des voisins et le facteur leur criaient : « Ne bouge pas, Max, ne bouge pas, Mix ! »

Le chef des pompiers portait un casque étincelant et, avant de monter par l'échelle télescopique, voulut savoir qui s'appelait Max et qui s'appelait Mix.

Pendant ce temps, sur la plus haute branche du marronnier, Max tenait Mix et lui disait : «Quelle pagaille on a déclenchée, Mix, promets-moi que tu ne recommenceras pas à grimper jusqu'aux branches les plus hautes d'un arbre avant d'avoir appris à monter et à descendre des branches les plus basses.»

Voilà ce qu'avait dit Max sur la plus haute branche du marronnier car Mix était son ami et les amis s'entraident, s'instruisent l'un l'autre, partagent les réussites et les erreurs.

Une fois en bas, Max et Mix reçurent quelques conseils du chef des pompiers et rentrèrent à la maison couverts de pollen de marronnier.

2

Mix grandit. Il devint d'abord un jeune et beau chat au poil noir sur le dos et blanc sur la poitrine et, plus tard, un chat adulte, fort et vigoureux.

Max grandit lui aussi et se transforma en un adolescent qui se rendait chaque matin à l'école en bicyclette mais, avant de partir, nettoyait la caisse de sable de Mix et remplissait sa gamelle de sa pâtée favorite, celle au goût de poisson.

Max veillait sur Mix et Mix veillait sur le placard afin que les souris n'approchent pas du paquet de céréales au chocolat, les préférées de Max.

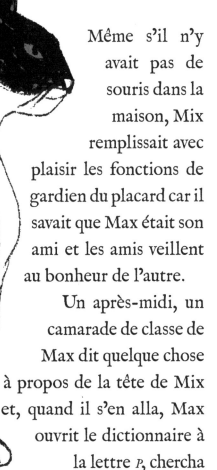

Même s'il n'y avait pas de souris dans la maison, Mix remplissait avec plaisir les fonctions de gardien du placard car il savait que Max était son ami et les amis veillent au bonheur de l'autre.

Un après-midi, un camarade de classe de Max dit quelque chose à propos de la tête de Mix et, quand il s'en alla, Max ouvrit le dictionnaire à la lettre *P*, chercha

le mot *profil*
et trouva des
reproductions
de dessins de
l'Antiquité qui le
remplirent de joie.
Il appela alors Mix,
le fit grimper sur la
table et lui montra le
dictionnaire.

— Regarde, Mix,
mon copain a raison,
tu as un profil qu'on
appelle un profil
grec.

Oui, Mix était un chat avec un profil grec qui mettait en valeur ses grands yeux jaunes.

Parfois, Max lui montrait des livres sur la Grèce antique et lui parlait d'hommes qui s'appelaient Agamemnon, Achille, Ulysse et Ménélas. Tous avaient le même profil que Mix.

De temps à autre, Max appelait Mix et, quand le chat n'accourait pas à son appel, il sortait dans la rue et demandait au vendeur de journaux ou au facteur :

– Vous n'avez pas vu un grand chat au dos noir et à la poitrine blanche ?

– Un chat au profil grec ? Oui, je l'ai vu. Il a grimpé sur un marronnier et, de là, il a sauté sur le toit de la maison. Ce chat au profil grec est très agile.

Alors, Max était tranquille car il savait que Mix reviendrait quand il voudrait et qu'en vagabondant sur les toits il jouissait de sa liberté de chat. Les amis veillent toujours sur la liberté de l'autre.

3

L e temps des chats est différent de celui des humains. Au fil des ans, lentement, Max se transforma en un jeune homme plein de projets et de rêves. Mix changea lui aussi et, moins lentement, devint peu à peu un vieux chat.

Max aimait se dire qu'aucun oiseau ne sait voler à sa naissance mais vient le moment où l'appel de l'air est plus fort que la peur de tomber et alors la vie lui apprend à déployer ses ailes. Voilà pourquoi, à dix-huit ans, quand Max décida d'être indépendant, il loua avec l'aide de ses parents un petit appartement dans une rue tranquille avec beaucoup d'arbres.

– Voilà notre maison maintenant, Mix. Parfois il m'arrivera d'être triste quand mes parents et mes frères me manqueront mais je t'ai, toi, et je sais que je ne suis pas seul, dit Max en ouvrant la porte de son nouveau foyer.

Mix s'habitua très vite à la nouvelle maison, tout en haut d'un immeuble de cinq étages, et il prit l'habitude de s'asseoir sur le rebord d'une fenêtre avec l'attention des chats pour tout ce qui se passait de l'autre côté des vitres.

Max savait que se trouver à ciel ouvert était important pour Mix, c'est pourquoi il ouvrit une trappe dans le toit des toilettes et disposa une échelle pour que le chat puisse se promener à l'air libre. Les amis comprennent les limites de l'autre et lui viennent en aide.

Chaque jour, Mix explorait le toit de la maison et, à son retour, remerciait Max en se frottant contre ses jambes et en ronronnant. Ils partageaient ainsi la petite chambre et, tandis que Max étudiait dans des livres qui enseignaient les secrets des mathématiques, de la chimie et de la physique, Mix s'installait près de ses pieds et se rappelait tous les arbres sur lesquels il avait grimpé, les oiseaux qui s'étaient envolés à son approche, la pluie qui l'avait mouillé ou la neige qui avait crissé sous ses quatre pattes. Les amis pour de vrai partagent aussi le silence.

Max étudiait tandis que la neige recouvrait la ville, il étudiait sans même regarder les bourgeons verts qui, sur les branches des arbres, annonçaient le printemps. Il étudiait fenêtres ouvertes pour permettre au soleil de remplir la maison et continuait à étudier quand les jours se faisaient plus courts et que le gris acier de l'hiver envahissait tout. Ses projets et ses rêves dépendaient de ses efforts et il se consacrait entièrement à la tâche prodigieuse de savoir pourquoi les choses étaient comme elles étaient et comment elles pouvaient s'améliorer.

Mix commença à renoncer au plaisir d'explorer les toits et se dit que c'était peut-être à cause de l'hiver, du manque de lumière et de la brume délicate qui enveloppait les objets de la maison.

4

Un jour d'hiver, quelqu'un frappa à la porte et, comme toujours, Mix se dirigea vers l'entrée pour être le premier à saluer le visiteur. Max le vit avancer dans le couloir, il vit aussi sur le sol le carton de livres qu'il pensait rendre à la bibliothèque, un carton qui ne s'était jamais trouvé là et il éprouva une douleur immense en voyant Mix le heurter.

Ce jour-là Max ne s'occupa pas du visiteur. Il prit Mix dans ses bras et courut chez le vétérinaire. Le diagnostic fut cruel, dur, inattendu. Mix était aveugle.

À partir de ce jour-là plus rien ne changea de place. Si quelqu'un bougeait une chaise, il devait ensuite la replacer comme il l'avait trouvée et les portes restaient ouvertes pour que Mix se déplace sans difficulté. Les amis pour de vrai veillent toujours sur l'autre.

Mix, le chat aveugle au profil grec, cessa de monter par l'échelle jusqu'à la trappe du toit et, bien plus lentement à cause de sa cécité, continua à se déplacer dans l'appartement. Aidé par son flair et l'excellente mémoire des chats, il trouvait sans problème son chemin jusqu'à sa caisse ou bien la gamelle de sa pâtée préférée.

Allongé tout près des pieds de Max, il entendait le frôlement des doigts tournant les pages, écoutait attentivement son ami répéter inlassablement les textes jusqu'à ce qu'il les ait mémorisés, son ouïe s'affina et il savait faire la différence entre le bruit d'un stylo qui écrit et celui d'un crayon.

Dans l'appartement voisin habitait une étudiante en musique et Mix éprouvait un bonheur particulier quand il l'entendait murmurer timidement «nous allons voir comment je m'en sors avec Bach» car le son du violon l'endormait et la brume de ses yeux prenait alors la couleur du bonheur.

Son ouïe devint si fine qu'il était capable d'entendre les voix des locataires des étages inférieurs, l'un d'entre eux n'aimait pas la margarine et une femme lui répondait que le beurre coûtait trop cher, un autre assurait que son rasoir lui écorchait la peau et il s'inquiéta même le jour où un voisin du deuxième étage se plaignit de la négligence de ses enfants, en ajoutant que toutes les souris du Mexique s'étaient sauvées.

À quoi ressemble une souris du Mexique? se demanda Mix mais il n'accorda pas d'importance au sujet car le bruit de la pâtée qu'on versait dans sa gamelle était une irrésistible invitation à se diriger vers la cuisine.

5

Un matin, Mix sentit la main de Max lui caresser l'échine. Il l'entendit lui dire qu'il devait aller dans une ville assez éloignée, qu'il lui laissait la gamelle bien remplie et qu'il reviendrait le lendemain.

Pour toute réponse Mix ronronna. Il savait que Max se rendait à un entretien d'embauche. La nuit précédente, pendant qu'il lui caressait le ventre, il lui avait appris qu'il avait plusieurs propositions et qu'il choisirait la meilleure.

– Si tout se passe comme je veux, Mix, nous louerons bientôt un appartement plus grand et tu auras plus d'espace pour bouger. Qu'est-ce que tu en dis, Mix ? Tu aimerais avoir beaucoup plus d'espace ?

Mix répondit en s'étirant. Les amis pour de vrai partagent les rêves et les espoirs.

Quand Max ferma la porte, la maison plongea dans un profond silence, un silence épais comme la brume d'automne dont Mix se souvenait, une brume enveloppante qui, vue du toit, faisait disparaître les rues, la cime des marronniers ressemblait alors à des îles dans une mer grise.

Mix s'installa près du radiateur, étendit ses quatre pattes, chercha la position la plus commode et ferma les yeux. Chaque fois qu'il le faisait, la brume disparaissait de ses pupilles et, avec les yeux indéfectibles du souvenir, il voyait avec une parfaite netteté tout ce qu'il conservait comme un trésor dans sa mémoire.

Mix n'avait jamais chassé les oiseaux mais il se rappelait avec quel plaisir il suivait le vol des pies arrivant de loin jusqu'à leur nid

en transportant toujours de petits objets brillants dans leur bec. Il se souvenait aussi avec émotion des étourneaux volant tout là-haut dans le ciel en bandes innombrables qui semblaient se déplacer comme un seul corps divisé en milliers de petits objets sombres.

Et la douce chaleur dispensée par le radiateur ramena aux yeux du souvenir le vol grave, puissant, des oies sauvages qui, parties des régions les plus froides en direction du Sud, annonçaient l'arrivée de l'hiver.

Il se sentait bien, très bien, près du radiateur et de ses souvenirs quand il entendit des pas menus, très menus mais rapides s'approcher, s'arrêter et se rapprocher de nouveau.

Sans changer de position, il banda ses muscles. Les yeux fermés, il bougeait les oreilles et les moustaches. Ce qui s'approchait sentait le papier et avait l'odeur des livres où Max découvrait les secrets de la science.

Soudain, avec la rapidité de ses plus belles années, Mix lança une de ses pattes de devant et sentit un petit corps tremblant sous ses coussinets. C'était quelque chose qui bougeait pour tenter de se libérer mais Mix accentua la pression jusqu'à l'immobiliser.

– Très bien. Quelle drôle de créature es-tu? demanda-t-il dans la langue des chats, des souris et autres habitants des toits.

Sous sa patte, une minuscule souris essayait vainement de se dégager du poids qui pesait sur elle mais, petite, faible et fragile, elle était rusée et, avant de répondre, elle réfléchit rapidement à tout ce qu'elle savait sur les chats. Elle pensa à tout ce qui était susceptible de les écœurer.

– Je suis une limace, monsieur le chat. Parfaitement, je suis une limace humide, à l'aspect répugnant, je suis une bestiole écœurante et laide à tel point que je n'ose pas me regarder dans une glace car je me fais peur et je me dégoûte. Oui, je suis très laide, mieux encore, extrêmement laide. Je te supplie donc de ne pas ouvrir les yeux car la vue d'une bestiole aussi moche pourrait te faire du mal, te couper l'appétit, te donner d'horribles cauchemars. Pourquoi est-ce que je suis aussi laide?

Sans diminuer la pression, Mix palpa avec son autre patte de devant la tête, les minuscules oreilles, l'échine et la queue de la souris.

– Une limace avec des oreilles, des moustaches et une queue. Je n'aurais jamais pensé qu'une limace puisse autant ressembler à une souris et encore moins être aussi bavarde.

La souris se crut perdue mais, aussitôt, elle se souvint avoir vu, depuis sa cachette sur la partie la plus haute de la bibliothèque, le jeune Max lever les bras au ciel en découvrant ses stylos et ses papiers éparpillés sur le sol. Il demandait alors à haute voix qui était monté sur son bureau et Mix, le chat au profil grec, arrivait en ronronnant, se couchait sur le dos près des pieds de Max pour une confession sans paroles qui faisait dire au jeune homme en souriant : «Très bien, Mix, entre amis il faut toujours dire la vérité.» Après quoi il le caressait ou lui servait une ration supplémentaire de nourriture.

– Parfaitement, monsieur le chat, tu l'as découvert, je suis une souris et, des plus intéressantes, je t'assure, même si d'autres ont bien meilleur goût. Si je te dis la vérité, toute la vérité sans garder aucun secret... Il y a une récompense ?

Avant de répondre, Mix leva la patte et libéra la souris.

– Je sais que tu es une souris, mieux encore, je sais que tu es la souris qui vit tout en haut de la bibliothèque. Je t'entends tous les jours descendre, aller jusqu'au placard et manger les céréales tombées par terre. Tu sais que je ne peux pas voir mais mes oreilles et mon nez m'aident à savoir ce qui se passe. Dis-moi, tu n'as pas peur de moi ?

– Parfaitement, j'ai très peur, monsieur le chat, je suis une souris vraiment peureuse, je tremble de peur mais la faim est la plus forte. Je voulais être sûre que tu ne peux pas voir parce qu'il y a sur la table de la cuisine quelques flocons de muesli qui ont l'air délicieux, drôlement délicieux, super délicieux, et j'ai une passion immense pour les choses délicieuses. Voilà la vérité, toute la vérité, rien que la vérité... Il y a une récompense pour la sincérité ?

– Oui mais, auparavant, dis-moi comment tu es.

Alors la souris se décrivit, elle dit que sa peau était d'une couleur marron pâle avec une rayure blanche qui allait du cou jusqu'à l'arrière-train ; elle ajouta qu'elle avait des moustaches courtes, une queue fine et le nez rose.

– Parfaitement, monsieur le chat, je suis ce qu'on appelle une jolie, une très jolie souris, douce et tiède. Je suis une souris du

Mexique et je vivais avec mes frères, à l'étage du dessous, une triste vie d'animaux de compagnie enfermés dans une cage de verre mais, un jour, nous nous sommes enfuis. Mes frères ont décidé de partir vers la rue mais moi j'ai décidé de monter chez toi, sans intention de déranger. Je suis très futée, la souris la plus futée que tu puisses connaître, je sais beaucoup de choses que je pourrais avoir le plaisir de partager avec toi si tu me laisses manger ces flocons de muesli si délicieux, drôlement délicieux, super délicieux...

– D'accord, souris. Délecte-toi de ces flocons de muesli mais n'utilise ta bouche que pour manger, dit Mix, et il entendit la souris courir à pas menus vers la cuisine.

6

L e lendemain, avant le retour de Max, Mix entendit la souris descendre du haut de la bibliothèque et s'approcher de sa place près du radiateur.

– Tu ne parles pas aujourd'hui ? demanda Mix.

– Parfaitement, je garde le silence, debout sur mes pattes de derrière en agitant mes moustaches parce que je me sens triste, monsieur le chat, très triste, je suis la souris la plus triste du monde. Quelle immense tristesse ! Tu aimerais en connaître les raisons ? Il y en a deux, je te le dis d'avance.

– Quelque chose me dit que tu m'en parleras même si je ne te le demande pas.

– Parfaitement. La première raison de ma tristesse, c'est de ne pas avoir de nom. Toi tu t'appelles Mix, le jeune humain qui te nourrit s'appelle Max mais moi je n'ai pas de nom, je ne suis qu'une souris et, si tu dis ce mot à voix haute, des millions de souris vont penser que tu parles avec elles et pas avec moi. Je veux avoir un nom!

Sans ouvrir les yeux, Mix sut que ce petit rongeur à la voix criarde avait raison. Quand quelqu'un rendait visite à Max et, en le voyant, s'adressait à lui en l'appelant chat, «Viens ici, chat», aussi agréable que soit sa voix, elle n'avait pas la même chaleur que celle de Max quand il prononçait son nom. Il suffisait qu'il dise «Mix» pour sentir son invitation à s'approcher, à lui tenir compagnie, à partager la joie ou le silence.

– Tu m'as dit que tu es une souris du Mexique, j'aimerais donc t'appeler Mex. D'accord, Mex? proposa Mix.

– C'est un nom formidable! Mex est en

effet le nom que j'ai toujours voulu avoir. Monsieur le chat, tu as fait disparaître une de mes tristesses... Je peux te parler de la seconde ?

Mix accepta en soupirant et Mex, rendue euphorique par son tout nouveau nom, se lança dans un long discours sur les arômes savoureux, délicieux, qui émanaient d'aliments très loin de sa portée et flottaient dans l'air.

– Si tu allais droit au but, Mex ? proposa Mix.

– J'y viens. Dans le placard, il y a un paquet de céréales délicieuses, drôlement délicieuses, super délicieuses, succulentes, plus que succulentes, absolument succulentes, croustillantes, avec des fruits rouges des bois, mais je ne peux pas les atteindre car le paquet se trouve tout en haut du placard. Elles ont l'air tellement exquises. Oh là là, quelle tristesse ! se plaignit Mex.

Mix l'interrompit :

– Dis-moi, Mex, qu'est-ce qu'il y a au-dessus du radiateur?

– Une fenêtre, deux plantes bien vertes sur le rebord et, au-delà des vitres, la rue, répondit la souris.

Alors Mix lui demanda de monter sur le rebord de la fenêtre et de lui raconter tout ce qu'elle voyait de l'autre côté.

Mex obéit et commença à lui décrire la rue toute blanche car il avait neigé pendant la nuit, elle lui parla des nids de pie dans les arbres les plus proches, indiqua que les branches étaient dépouillées mais pas tristes car le froid les avait gelées et elles ressemblaient à des sculptures de cristal. Elle lui dit qu'un homme marchait en laissant

des traces profondes dans la neige, qu'une femme traînait son caddie avec beaucoup de difficultés, que les vélos des facteurs se reposaient comme des animaux maigres et jaunes devant le bureau de poste. Mix écoutait attentivement et la petite voix de sa nouvelle amie lui permettait de voir de nouveau un horizon de toits couverts de neige, la fumée s'échappant des cheminées, les voitures avançant lentement sur le tapis blanc de l'hiver. La souris ralluma dans ses yeux inutiles un bonheur jamais oublié et quand elle lui dit qu'au loin, très loin, on voyait deux énormes oignons couronnant des tours, Mix sut qu'elle parlait des coupoles de l'église des Femmes, ces tours sur lesquelles tous les chats de Munich rêvaient de grimper.

— Et du ciel commencent à tomber des flocons de neige pareils à des céréales, les meilleures, les plus délicieuses, les plus succulentes, drôlement succulentes, super succulentes, conclut la souris entre deux soupirs.

– Allons au placard, dit Mix et, une fois arrivés, il demanda à son amie Mex de lui indiquer l'étagère sur laquelle se trouvait le paquet de céréales.

Suivant les instructions de la souris, il sauta d'un bond sur la tablette qui soutenait les trois rayons, respira le parfum des pommes, des mandarines et des noix de la corbeille de fruits, étira son corps jusqu'à ce que ses pattes de devant touchent le paquet de céréales et le fassent tomber. Il redescendit en sautant de nouveau et, une fois par terre, maintint le paquet avec une de ses pattes de devant, enfonça l'autre dans l'ouverture et sortit une généreuse portion de flocons croustillants.

– Parfaitement, ce sont les céréales les plus délectables, je ne crois pas qu'il en existe de plus délicieuses, très délicieuses, super délicieuses, répétait la souris dressée sur ses pattes de derrière tandis qu'avec celles de devant elle tenait et rongeait goulûment un flocon.

Mix l'écoutait manger en soupirant. Les amis pour de vrai partagent aussi les petites choses qui égayent la vie.

7

Max revint peu après midi. Mix l'entendit marcher dans le couloir, ouvrir la porte, faire tinter ses clés en les laissant dans le vide-poche posé sur le guéridon. Puis il entendit la respiration de Max pendant qu'il enlevait ses bottes humides de neige.

– Je meurs de faim, Mix ! dit Max en se dirigeant vers la cuisine et, en découvrant le paquet de céréales sur le sol, il ajouta : allons, on dirait que quelqu'un a fait une bêtise dans le placard. Je me demande qui ça peut bien

être mais je soupçonne un ami qui a du poil et un profil grec.

Comme toujours, Mix s'approcha en ronronnant et se coucha sur le dos aux pieds de son ami.

– Ce que tu as fait est dangereux, Mix, dit Max en caressant le ventre du chat. Mais si tu aimes les céréales, je t'en donnerai une ration tous les jours pour le dessert.

Mix se dit qu'à sa manière, sans paroles, il avait dit la vérité mais, aussitôt, il se sentit triste parce que cette vérité cachait une tromperie et qu'on ne trompe jamais ses amis.

Max vit son chat aveugle s'approcher de la bibliothèque. Là, il s'assit, miaula et tourna ses yeux inutiles vers la partie supérieure.

– Un livre? Pourquoi veux-tu un livre, Mix? Tu ne sais pas lire et, de plus... Pour toute réponse, le chat aveugle se dressa sur ses pattes de derrière, posa celles de devant sur les livres du bas et se mit à miauler sans cesser de lever la tête vers le haut.

– Fenimore Cooper, *Le Dernier des Mohicans*, lut Max, et Mix continua à miauler.

Max lut les titres rangés sur la plus haute étagère de la bibliothèque : Jack London, *Croc-Blanc* ; Mark Twain, *Les Aventures de Huckleberry Finn* ; Selma Lagerlöf, *Le Merveilleux Voyage de Nils Holgersson* ; Michael Ende, *L'Histoire sans fin...* et plus il s'approchait du bord gauche, plus les miaulements de Mix se faisaient doux, plus joyeux.

Il arriva ainsi au dos d'un gros livre à couverture bleue, Jules Verne, *Vingt mille lieues sous les mers*. Alors Mix se coucha une fois de plus sur le dos en ronronnant aux pieds de son ami et, quand Max retira le livre, il dut cligner des yeux pour croire ce qu'il voyait. Dans un nid construit avec des petits bouts de papier, une minuscule souris marron clair se cachait les yeux derrière ses petites pattes de devant.

Mix ronronnait en se frottant contre les jambes de son ami.

– Allons bon, voilà que nous avons une invitée. Quand j'étais petit, moi aussi je me cachais les yeux pour être invisible. Tu ne penses pas manger cette pauvre souris ? dit Max, mais il se souvint aussitôt du paquet de céréales sur le sol de la cuisine.

– Mix, les céréales étaient pour la souris ?

Max prit avec précaution le petit corps tremblant, le posa sur le sol et le vit se réfugier sous le ventre du chat.

– Je suis content que tu aies une nouvelle amie, Mix. Comme ça tu ne te sentiras pas tout seul dans les jours qui viennent, car je vais devoir faire d'autres voyages. À partir de maintenant, nous sommes trois dans cette maison, dit Max, et il déposa une petite assiette près de celle de Mix. Dans l'une il versa une généreuse ration de pâtée au goût de poisson et dans l'autre une ration aussi généreuse de céréales.

8

L'hiver fini, quand les jours commen-
cèrent à s'allonger, Max trouva le
travail qu'il cherchait. Le premier
jour, il quitta la maison tout content et, avant
de fermer la porte, caressa le dos de Mix et la
petite tête de Mex.

– Souhaitez-moi bonne chance, mes amis.
Aujourd'hui, je vais commencer à montrer
tout ce que je sais et tout ce que je peux faire,
dit-il avant de sortir.

La petite souris grimpa sur le rebord de la fenêtre et, de là, raconta à son ami ce qu'elle voyait.

– Parfaitement, il vient de déposer le sac d'ordures dans la poubelle et maintenant il enlève l'antivol du vélo, du vélo le plus chouette, du super vélo, et commence à pédaler. Avec quelle force il pédale! C'est bien notre Max! s'écria joyeusement Mex.

Mix voulut savoir comment était le ciel, et la rue, et l'herbe du jardin.

– Le ciel est clair, transparent, on ne voit pas un nuage. Dans la rue il y a beaucoup d'autos et de bicyclettes, de gens qui se saluent et, dans l'herbe, de petites fleurs blanches qui ressemblent à de délicieux flocons de céréales commencent à pousser.

Elle lui raconta aussi que les branches des marronniers étaient couvertes de bourgeons qui deviendraient bientôt des feuilles vertes et que, dans le nid de la pie, on apercevait les têtes de trois oisillons qui, dans quelques semaines, prendraient possession de l'air pour leurs premiers vols.

Les heures de la matinée s'écoulèrent très tranquillement, Mix, allongé à sa place favorite, et Mex, debout sur le rebord de la fenêtre, lui décrivant tout ce qui se passait.

Peu avant midi, un bruit de pas qui s'arrêtaient près de la porte fit sursauter les deux amis. Max avait sans doute oublié quelque chose, se dirent-ils tout d'abord, mais Mix dit que ce n'était pas les pas décidés et joyeux de Max. Ils étaient différents, précautionneux, méfiants, et leur émoi grandit en entendant le bruit métallique d'un trousseau de clés.

– Je meurs de peur! Je suis une souris très trouillarde, la plus trouillarde des souris, je te l'ai dit, cria Mex en cherchant refuge entre les pattes de son ami.

– Qui que ce soit, il est en train d'essayer d'ouvrir la porte. Nous devons faire quelque chose, Mex.

Une fois, j'ai entendu parler de gens qui pénètrent dans les maisons et emportent les choses. On les appelle des voleurs, dit Mix.

– Parfaitement, c'est un voleur qui veut nous dévaliser! Je meurs de peur! Qu'est-ce que nous pouvons faire, nous, un chat aveugle et une souris trouillarde! dit Mex mais elle suivit son ami jusqu'à la porte alors que le bruit de différentes clés essayant d'entrer dans la serrure leur faisait éprouver un froid très distinct de celui de l'hiver.

– On doit faire quelque chose, Mex! s'écria Mix, et tous deux pesèrent de tout leur poids contre la porte jusqu'au moment où Mex, criant toujours qu'elle avait peur, très peur, courut jusqu'à la table du salon, poussa la télécommande du téléviseur pour la faire tomber et, sans cesser de manifester sa peur, commença à sauter sur le clavier.

À l'instant où un «clic» indiquait que le voleur avait trouvé la bonne clé, la voix mélodieuse d'une femme saluant le début du printemps remplit tous les coins de la maison.

Mix cessa de pousser contre la porte en entendant les pas s'éloigner précipitamment et appela son amie.

– Très bien, Mex ! Très bonne idée ! On l'a bien eu.

Quand les amis s'unissent, ils ne peuvent pas être vaincus.

9

Max ne sut jamais que ce vieux chat aveugle et la minuscule souris au poil marron clair avec une rayure blanche sur le dos avaient défendu la maison et berné un voleur.

Mix et Mex se rappelaient souvent leur aventure avec une joie mêlée de peur et la souris soulignait avec insistance sa participation à cet événement.

– Parfaitement, Mix, mon ami, j'avais peur, très peur, car je crois t'avoir dit que je suis très froussarde, mais je t'ai dit aussi que je suis futée, très futée, oh oui, la plus futée des souris, et à l'idée que le voleur viderait le placard, oh là là! Là ça aurait été terrible, plus que terrible, super terrible...

Mix, maintenant habitué à la volubilité de son amie, la laissait donner mille et une versions de la même histoire.

Un matin très ensoleillé, Mex voulut savoir à quoi servait l'échelle qui se trouvait dans les toilettes.

Mix lui expliqua patiemment qu'il ne pensait plus depuis assez longtemps à cette échelle ni à la trappe du toit qui s'ouvrait d'une simple poussée vers le haut grâce à ses charnières très bien huilées. Ce faisant, il sentit pour la première fois que sa cécité avait mis fin à sa chère liberté de chat.

– Parfaitement, je me demande, sans vouloir être désagréable, si tu n'aimerais pas faire avec moi une promenade, une courte, très courte, super courte promenade sur le toit de la maison. Une bonne promenade c'est très bon pour l'appétit, ajouta la souris.

Avant de répondre, Mix se rappela avec

quelle facilité il grimpait à l'échelle et la joie qui l'envahissait quand ses poumons se remplissaient d'air pur, froid en hiver et rafraîchissant en été.

– Je ne peux pas et ne dois pas le faire. Je ne saurais pas où marcher et, même si on dit que les chats retombent toujours sur leurs pattes, je ne crois pas que tomber d'aussi haut soit très recommandable. Qu'est-ce que tu deviendrais? Tu ne pourrais pas ouvrir la trappe pour rentrer.

La souris se plaignit, disant qu'elle serait malheureuse, très malheureuse, la plus malheureuse des souris, seule et abandonnée sur le toit, et tout en parlant dressée sur ses pattes de derrière elle agitait ses pattes de devant sous les pauvres yeux du chat.

– Parfaitement, ce serait terrible, mais toi tu es fort, Mix, et moi je vois très bien, j'ai des yeux formidables, drôlement formidables, des super yeux. Je pourrais voir ce que tu ne vois pas...

En écoutant son amie, Mix sentit ses muscles se tendre, une chaleur étrange s'emparer de son corps et sa queue s'agiter sous l'effet de l'excitation de l'aventure.

Les amis pour de vrai s'entraident pour venir à bout de toutes les difficultés et c'est ainsi qu'arrivés au dernier barreau de l'échelle, la petite souris accrochée aux poils du cou du chat lui apprit qu'ils touchaient presque la trappe.

Mix poussa de la tête et l'air lui rendit une joie qu'il croyait perdue.

– Mex, dis-moi ce que tu vois.

– Je vois un toit énorme, plus qu'énorme, ce doit être le toit le plus grand du monde, il y a des tuyaux qui montent haut, très haut, et, dans le ciel, je vois un oiseau qui vole à tire-d'aile en laissant deux lignes blanches comme du coton mais, si je les regarde avec attention, elles ressemblent plutôt à deux lignes de crème blanche et sucrée. Oh oui! Parfaitement, ce sont deux lignes de cette

crème délicieuse, drôlement délicieuse, qu'il y avait sur le gâteau d'anniversaire de Max...

Les deux amis explorèrent le toit, Mix posant les pattes selon les conseils de Mex qui, agrippée aux poils de son cou, lui signalait la jointure des tuiles, la proximité du bord et les chéneaux remplis de feuilles sèches et de poussière.

– On est tout près du bord, Mex?

– Oh oui, parfaitement, nous approchons du bord et, en bas, on voit les bacs à ordures. Il vaut mieux reculer un peu, Mix.

Pour les chats, le toit est un territoire sans limite et toujours plein de surprises car la pluie, le vent et la neige se chargent d'amener et d'emporter des odeurs nouvelles et mystérieuses. Sur le toit, les chats se déplacent avec une aisance totale, oublient la

prudence et se transforment sans le vouloir en animaux majestueux.

– Mex, si j'ai bonne mémoire, les bacs à ordures sont dans l'allée et, plus loin, il y a un autre toit, n'est-ce pas?

– Parfaitement, il y a plus loin un autre toit, puis un autre et encore un autre...

– Tu veux voler, mon amie?

– Oh oui! Voler, j'ai toujours voulu être une souris volante, la souris la plus volante du monde, mais nous n'avons pas d'ailes... quelle énorme tristesse de ne pas avoir d'ailes!

Mix demanda à son amie de l'écouter attentivement, de le regarder depuis les moustaches jusqu'au bout de la queue et de lui dire combien de longueurs de son propre corps le séparaient de l'autre toit. La souris lâcha son cou et s'éloigna de quelques pas pour mieux voir et faire ce qu'il lui demandait.

– Je dirais qu'en additionnant six chats comme toi, six chats grands et forts l'un derrière l'autre, on ferait un pont qui nous permettrait d'aller sur l'autre toit. Aïe, aïe, aïe, quel malheur! Je ne vois qu'un seul Mix, il nous en manque donc cinq.

Mix, le chat aveugle au profil grec, avança prudemment jusqu'à ce que ses pattes de devant touchent le bord du toit. Il tâta le vide et recula avec les mêmes mouvements précis.

– Et maintenant, Mex, combien de longueurs de chat nous séparent du bord?

– Deux fois la longueur de ton corps, Mix. Parfaitement, de l'endroit où nous sommes jusqu'à l'allée il y a deux fois Mix sans compter tes moustaches qui sont restées très relevées quand tu es allé jusqu'au bord.

– Monte, mon amie. Et accroche-toi bien.

Quand la petite souris s'installa sur son cou, ses petites mains agrippées aux poils sous les oreilles, Mix remua la queue avec énergie, laissa une chaleur lointaine parcourir ses muscles et s'approcha presque en rampant de la limite entre le toit et le vide. D'un mouvement lent, il ramassa son corps

sur ses pattes de derrière,
attendit d'être envahi
par toute l'énergie
qui l'apparentait aux
grands félins, au
tigre, au lion
et au jaguar,
et sauta,
le corps tendu
comme une flèche.

Le vol fut court
mais Mix sentit l'air passer sur son visage,
l'élégance de ses pattes de devant prêtes à
prendre appui, l'enivrante liberté de se savoir
encore capable de sauter d'un toit à un autre
et, en redécouvrant une surface solide sous
ses pattes, il remercia la petite souris qui lui
prêtait ses yeux.

10

Max, Mix et Mex vécurent de nombreuses années dans cet appartement de Munich. Un jour, en levant les yeux pendant qu'il garait sa bicyclette jaune, un facteur crut voir un chat au profil grec assis au bord du toit près de ce qui lui sembla être un petit animal en peluche. Une autre fois, la vendeuse de tulipes du marché du samedi, qui avait l'habitude de soupirer en regardant le ciel, sursauta en voyant un chat au poitrail blanc et à l'échine noire sauter d'un toit à l'autre en portant sur son cou un étrange ornement de couleur marron clair. Dans un café de la place, un ramoneur entièrement vêtu de noir dit en accrochant au portemanteau son chapeau cylindrique et en commandant une bière : « Les amis, je ne sais pas si j'ai la berlue mais, sur le toit d'une maison, j'ai eu l'impression de voir un chat au profil grec et une souris regarder le coucher du soleil. Et, le plus curieux, c'est que le chat semblait écouter attentivement la souris. »

Pendant le temps long ou court, cela n'a pas d'importance car la vie se mesure à l'intensité avec laquelle on vit, que le chat et la souris partagèrent, Mix put voir grâce aux yeux de son amie et Mex devint plus forte grâce à la vigueur qui émanait de son grand ami.

Et les deux vécurent heureux car ils savaient que les amis pour de vrai partagent ce qu'ils ont de meilleur.

Quelques mots
à propos
de cette histoire

J'ai toujours aimé les chats. J'aime tous les animaux mais j'ai une relation particulière avec les chats. Il y a très longtemps, j'ai rencontré un astrologue chinois et, même si je ne crois pas aux gens qui prédisent l'avenir car je sais que chacun est responsable de son destin et que chaque destin est plein de surprises, j'ai accepté qu'il fasse ma carte du ciel. Après m'avoir demandé où j'étais né, quand et à quelle heure, il dessina une étrange carte pleine de symboles et de calculs mystérieux, réfléchit un long moment et dit finalement : «Un jour, dans une vie antérieure, tu as été un chat très heureux, car tu étais le chat préféré d'un mandarin.»

Je reconnais avoir été très content de savoir que j'avais un lointain, très lointain ancêtre chinois et, qui plus est, le matou préféré d'un mandarin. L'astrologue m'a offert trois petits chats de bronze, trois gros chats qui ont chacun un petit trou sur le dos. «Il faut toujours leur donner de quoi manger», me conseilla-t-il, et il mit fin à notre entrevue.

Je l'ai fait et je continue de le faire. Je mets

régulièrement dans ces petits trous une miette de croquette pour chat et j'aime à penser que j'entretiens ainsi ma fantastique relation avec les chats.

J'aime les chats parce qu'ils sont mystérieux, très dignes et indépendants. Quand j'ai fait connaissance avec le petit Mix, un chaton adopté par mon fils Max à la Société protectrice des animaux de Munich, j'ai été stupéfait par sa dignité même s'il n'était pas plus grand que ma main. Mix a grandi et mon étonnement aussi car il avait une tête différente de celle de tous les autres, un profil stylisé, grec, qui attirait l'attention générale.

Comme vous l'avez découvert dans cette histoire, Mix a eu une destinée curieuse qui aurait fait beaucoup souffrir n'importe quel autre animal mais jamais il n'a cessé de manifester sa bonne humeur par des ronronnements et, quand il s'absentait sans cesser d'être présent, enveloppé dans le grand mystère qui entoure les chats, son expression traduisait un grand bonheur.

Je lui ai souvent demandé :

– À quoi penses-tu, Mix ?

Naturellement il ne m'a pas répondu et cette histoire veut répondre à ma question, être la voix du silence de Mix le chat.

Luis Sepúlveda

Conception graphique VPC

Photogravure : IGS-CP (16)
Achevé d'imprimer sur les presses de Pollina à Luçon
(France) en février 2013
N° d'impression : L63856
N° d'édition : 16112001
Dépôt légal : mars 2013